电光石火

王言他 ／ 著

长江出版传媒 长江文艺出版社

王言他

本名王鹏，"90后"诗人。中国电力作家
协会会员，重庆电力作家协会副主席兼秘书
长。诗歌作品在《诗刊》《星星》《红岩》
《脊梁》等刊物发表。连续两届获《星星》
诗刊"星星点灯"诗歌奖，获首届"渝电之
光"文学奖。现居重庆，供职于国网重庆市
电力公司。

目　录

短句　枯萎的河床

缺水季　003

风口　004

存煤　005

特高压　006

负荷聚类　007

空巢　008

立"杆"见影　009

写电　010

发热　011

挑山工　012

重生　013

在金山变电站　014

在大溪沟变电站　015

016　备战

017　铁塔的故人

018　上帝之眼

019　电缆井

020　有寄

中章　浴血的太阳

023　南北之间

024　零

025　瞎婆婆的夏天

026　电杆在土壤里发芽

028　热烈

029　英雄的定义

030　橘岛

032　悬停的星辰

033　带电作业

034　远方来客

035　夏天的真相

036　铁塔星空

038　电流与火

040　山间记事

电流在身体中筑起长城　042

守山　044

路过黄昏　046

在环形电力隧道　048

点一盏灯　050

星空　052

关于电的热恋　053

阳光礼记　054

浴血的太阳　055

网事　山城有灯火

高举灯光走过江河　059

在电杆的基坑里种一枚寒露　060

治愈的灯光　062

生春　063

留守的孤灯　064

飞天的银线　065

惊鸿的太阳　066

身体里的电网　068

落墨　069

海上风电场　070

072　第九街区

074　响水村想水记

076　光影百年

077　光明的音讯

079　追光日记

080　暖冬有寄

082　检修

084　巡线

085　送电

087　渝电之光

089　与你相遇

092　电网里的散文诗

长歌　光明的历程

099　光明的历程

短句

枯萎的河床

缺水季

干渴的土地上种满粮食
阳光退去，裸露出黄昏
乌鸦在瓶口塞满石子
堤坝上排满抽水机的轰鸣
灌溉拉低了水位
池塘已装不下村民的房子

风　口

高山仰止，呼啸的风声
叶片以摩尔斯电码传递着信息
风车、杆塔、电缆、沉闷的变压器
把开关的断点咬紧
风口处，夏天的炎热正在冷却

存 煤

把每一座山都翻洗一遍
洗出黑色的岩石
朝圣般，送入火力发电的灶膛
在热烈燃烧的重庆
冷热就开始交换着彼此

特高压

从极地引来冰川
向明天借一场雨
用钢铁浑厚的足音
叩响西北的风和光

电与电的连廊
心脏与心脏的通道
治愈了山城的每一寸土壤

负荷聚类

连接了商圈、工厂和酒店
为空调、路灯和机器植入芯片
电力负荷的曲线，蹿动的火苗一般
那是城市的光感
夏天一到，用电的节奏就开始慢下来

空　巢

一场雨久未落下
门口电杆的横担上
遗落了空荡荡的鸟巢

牵牛花以枯枝爬满了篱笆
老人守着同样空洞的家
把断裂的电线接上
光在干哑热辣的季节里盘旋

立"杆"见影

村里的空调多了
电杆也需要多起来
刨开干燥的土地
没有水，也能生长出枝丫

高温下，人们大口大口吮吸着电能
太阳出来后
静止的电杆投射出转动的指针
成为时间最敬业的守卫

写　电

看到一个电力工人的身影
我就写下一行诗
巡线、检修、日夜坚守
变电站一座连着一座

守着赖以耕耘的田土
长长的笔锋勾勒出一座山城
垂下的银线只需要稍一仰头
"电"字就写出来了

发　热

导线的金具开始发热，孩子也是
躺在温热生长的牙床上闹腾

趁人们在零点睡去，孩子也是
先把电流的病痛处理了
空调的指示灯稍微熄灭了一会儿
就重新冷却着世界，孩子也是

挑山工

踩过山火留下的伤痕
脚下是落叶松和白桦树的疼痛
绝缘子一片一片压着肩膀
太阳从左肩落下
月亮就从右肩升起来

重　生

沿着燥热的山体

铁塔的梯级爬满汗液

而后渗进干渴的土地

这一刻，跳闸的线路恢复运行

逝去的生灵重新苏醒

用光洁的电流为你们正名

在金山变电站

从奔涌的电能里扯下一穗
放入带电的开关柜轮回
轮回到吊脚楼的时辰
盛夏将至
铁塔以神灵之势站在无水的江心

在大溪沟变电站

流星划破低矮的天空
拉动断路器的手也拉动了纤绳
变压器发出沉闷的笛音
鹅卵石上写满航行的足迹
扬帆出港，在重庆的八月

备　战

秣马厉兵，从去年的今冬明春开始

扛着高温、干旱和山火

计算乌江、嘉陵江水域的阶梯

书写煤炭燃烧的分子式

转动所有发电机的齿轮

为每一度电签署买卖协议

我知道，我们将一起

熬过这个难熬的八月

铁塔的故人

做一回铁塔的故人
诉说、倾听，背靠背谈论彼此的境遇
然后依偎着从夜的边缘睡去

梦一场雨，掩灭所有的火情
除了鸟兽的鼾声
我的心跳也能听清，与
你的心跳一起，在高山上扎根

上帝之眼

飞越森林与山谷

根治草木灰烬的余毒

无人机以上帝之眼严防山火

它经过的地方我也曾经过

燃烧的火堆以光明扼杀光明

黑暗里，一面是窥视黑暗的眼睛

一面则是黑暗本身

电缆井

路过一口深井
高高的围栏内探出的身子
左手抓着木梯，右手
将一截弯曲的电缆高举
那弯曲，沉默而精神

午后的阳光盘根错节
井中有电缆铺叠如黑色的巨蟒
太阳从狭小的井口落下
在你疲惫的眼睛里迸溅出火花

有　寄

寄给你口罩下排队的人群

寄给你旷日持久的阳光

寄给你干旱的土地

枯萎的河床里容不下鱼虾

寄给你漫山的火和灰烬

……

把夏天所有的记忆都寄给你

等待回信的日子

等待秋来的第一场雨

把泪染的信纸打湿

中章

浴血的太阳

南北之间

北方，与我隔江相望
我的身后，南山以南即是南方
江水冲刷着城市因失眠而深陷的眼睛
暗淡的群山对峙，俯瞰这座城、这江水

我们被分割在狭长土地的尽头
封闭空间的黑暗里
摸索着开展一场保卫光明的战争
点一盏灯吧！每一条路都需要被照亮

用光勾勒出城市鲜活的轮廓
扬子江的心脏依然蓬勃
每一个擎灯的人都是一名冲锋的战士

黑夜里填满光明
高温和干旱持续未退
南北之间，灯火如雨

零

噩梦正在清醒

所有的高温、干旱、山火

被一场蓄谋已久的暴雨扑灭

零故障、零停电、零报修

江是天上的银河

满城灯火星罗棋布

黑夜是梦醒后的白天

看一眼山城亮着又继续睡了

零点作业的电力工人

从天空回归地面

回到时间封闭的曲线

此刻，指针越过钟盘的制高点

此刻，零点

放逐人间的苦难

一切喧嚣终都得以沉归于海

瞎婆婆的夏天

灯光暗下去，瞎婆婆看不见
手里的拐杖是唯一光明的物体

"把电表拆了，我瞎老太婆用不着"
训斥的声音吓退了一茬又一茬电力工人
电线的断口挂在高高的房梁上
包裹着蜘蛛网和厚重的绝缘胶带

灯光亮起来，瞎婆婆看不见
拐杖安静地靠在床边

"这是最凉快的一个夏天"
45℃的高温透过窗户闪着白光
瞎婆婆靠近空调的出风口
喃喃自语着缓缓坐起来

电杆在土壤里发芽

庄稼在干涸的土壤里耗尽心血
梯田保留着荒芜的层次
看一基电杆破土，做一棵没有根须的树
在每一寸黑暗里播洒光明

顶着烈日把电力线路再巡视一遍
工作服上长出茂密的国网的新绿
耕牛的蹄印干渴而深沉
那是下一处电杆的基坑

用黑白的喷漆为你们重新命名
绝缘线在温热的横担上睡去
带着困倦在天黑前扯下一把黄昏
第二天，就会被跳动的晨曦吻醒

走过风起云涌的明天
拾起土地里破壳的粮食
就像拾起我身后走过的年纪

今天，注定虔诚

我将和更多的苏醒相遇

一场雨酝酿着回归

涌动的电流像饱满的稻穗

风划过弧垂，我们都是迎接丰收的农民

热　烈

气温开始热烈，我爱过的地方依旧清晰
沿着清冷的街道追逐自己矮小的影子
日头悬停在每一颗汗珠的上游
身体成了落日仅有的河床

进线柜絮叨着整个夏天的专情
带电指示器是某颗恒久不灭的晚星
还未到达分闸按钮苏醒的时辰
电缆在寻找另一条电缆的足迹

操作票上写了三行情诗：
将冷备用转向运行——
接地刀闸拉开距离，断路器储能
久别的触头相拥而泣

我虔诚复诵出票面上的文字
阳光热烈，电力线路的图纸复印着我的掌纹
三相母排燃起的火星
转述成一个守口如瓶的秘密

英雄的定义

如果可以，我会在每一个醒来的早晨
拭去变压器遗落的油渍，挥动手中的扳钳
把生长在骨骼里的螺丝拧紧

如果可以，我要去——问候他们
热浪下 26℃ 的空调
停止生产让电于民的工厂
以及，所有
苦难的巴渝大地和不屈的山城儿女

今夜，听见了久违的雨声
一束灯光正在苏醒
它比热烈的阳光更加热烈
从挑山工柔软的肩膀照进生产线坚硬的轴承
列车纷纷驶离，钢铁在熔炉里加速跳跃

我延续了工整的笔迹，用灯光
挥墨写下坚毅而神圣的历程
写下一座城市关于英雄的定义

橘　岛

沿着长寿湖的大坝前行

分割出水源和田野

左右的阳光势均力敌

湖水下沉，似因苍老而深陷的眼睛

土地正在随劳动者的手一起龟裂

湖心的小岛又大了一圈

橘子树迎来了陆地，却远离了水

于是，果实便背负了思乡的情绪

渴求着有人带你回家，回到

水里，清澈得能看见一尾鱼停在石头上纳凉

小船漾起的波浪

缠绕成通电的导线

从变压器的一端生长到电表的另一端

再延伸到小岛的边缘

抽水机守在那里，守着喷涌的水源

和满山的橘子树连成一片

此刻，它们是高原上享受淋浴的孩子

悬停的星辰

放飞无人机，巡检天空的辽阔
广袤的田野铺满金黄的粮食
清障、测温，以一条田埂的宽度
记录导线与梯田的距离

走过晨昏、四季和周而复始的年龄
深谙土地里生长的隐疾
无法包浆的稗子因不够谦逊而头颅高举
杆塔穿针引线，将房子串联在一起
说服燥热的人们向空调索取冷气

开关保持着合闸的状态
无休止输送着电能
疲惫使它红了眼睛
和无人机平行对视了许久
定格成两颗悬停人间的星辰

带电作业

登上绝缘车的手臂

伸开带电的掌心

整片天空的蓝就齐刷刷涌入身体

汗水以置换的方式四散逃离

封闭在屏蔽服的低洼处

泛滥成唯一涨潮的江河

运行的变压器各自坚守着岗位

星火纷繁，拼写出这座城市的光和自由

刀闸的静触头被一层层包裹

锈蚀的螺母正在脱落

电网的伤口一边呼吸一边愈合

接续导线的时候

流过的每一度电都是新的

湛蓝的电弧划破阳光

与天空融成一色

远方来客

温度越高，江面的水位就越低
裸露出岩壁上的碑文
裸露出石鱼的背脊
裸露出一座城市的陡峭和广博

纤夫、炊烟、石阶、颠簸的吊脚楼
电网员工隔着愈发低矮的河床
把仅有的光亮配送到家
他们离得很近，几乎站成了彼此

铁塔的身躯伟岸，电杆是清瘦的笔
他们不畏炙烤，深深扎根在这里
扎根重庆，扎根时代，变成脊梁
用光明把山河高举

夏天的真相

我要告诉你这个夏天的真相：
高温、缺电和此起彼伏的山火
一盏灯，活在深沉的呼吸里，呼吸
呼吸着千里外的风和太阳
呼吸着上游截流的江河
呼吸着空间的长和宽
呼吸着时间的延长线

今夜，重新爱上这座城
由运行的电缆带路，拖着明晃晃的影子
走过烈日，走过带血的黄昏
走过新鲜的旧日子

一座铁塔屹立在热血的身体里
我看见紧闭的窗口透出了温度
我看见轨道二号线拖着漆黑的车厢穿过高楼
我看见学校、医院
热闹的街道上流淌出光河

铁塔星空

去追赶八月的阳光与山火
星空下的烟尘仍在低吼
残根、炭木、松软的焦土
连绵成触手可及的疼痛
铁塔红着眼，站在山顶浴火高歌

肩上的发电机愈发沉重
汗水沿着蜿蜒攀爬的沟壑汇成溪流
我倾尽热爱，一步一步丈量着天空

瓷瓶碰撞出风铃的声响
线夹拉着一条导线回家
站在铁塔上，我看见这座城灯火流明
高低错落的房子站成一束束光
电能正在以比匍匐更低的姿态表达谦逊

今夜，我们围着山火侵袭后的铁塔
施以电和光的养料

以星空为引

把城市的温度调到繁华

电流与火

电流与火在脚下匍匐

从虎头山到缙云山

它们以燃烧的宽度丈量一座城

山路远道而来，蜿蜒着我蜿蜒的脚步

把一座座杆塔的热闹看破

肩上的电缆压制着彻夜未眠的火情

唯有高处，才能洞察繁华城市的所有

绕过低矮的拱门，古旧的城池内战马长嘶

风尘仆仆的人群，停靠在新伐的树桩上

以浓烟细数光洁的年华

守山的房子紧贴着悬崖的手臂

火苗蹿动，光线下的落叶清醒

电力工人拨开夜色向上攀行

他在打磨电流生出的伤

胶布下的绝缘层，一层层脱落，一层层

像是群山覆压的苔藓和树根

客居鸢尾花干枯的鼾声
与壁虎遗落的尾巴同眠共枕
鞋面爬满灰白的盐渍
鞋底以高温的焦土命名

我在打磨一棵树的年轮
打磨手心老茧的厚度
打磨缙云山下
一座城市的光影轮廓

山间记事

从一座峰的阳面抵达另一座峰的阴面
他们来自山南水北，却始终向阳而行
一面唤着清晨，另一面已写满黄昏
两基铁塔被厚重的钢索桎梏着
彼此说明电的来意

高温不断索取石缝里的泉水
路过的人们故作豪饮
不断用汗液充实山体的养分
叶落处阳光纷繁
细碎的脚印正在疯狂生长

手里应该有一柄长刀
披荆斩棘，路就可以自由地铺在脚下
还应该有一条拐杖
拄着年轻的笔挺的身体
新铸的杆塔一般
站进泥土夯实的基坑

若是去拜访山脚独居的老人
就聊一聊烟斗、粮食、生平未见的天气
聊一聊电表上的数字、电线上破损的绝缘层
或者远赴他乡的儿女
远道而来的电流和客人

若是在山里偶遇护林员
就把树木完整地还给他们
只留下山顶最高的那一棵
钢枝铁干，四季常青

做一个纯粹的守塔人
守着，光明的守护神

电流在身体中筑起长城

常年奔赴在瓷瓶踏出的山路上
竹林里三月出笋，四月起雾
五月六月便会从破烂的鞋袜中
丰收些苍耳、蒲公英，或者鬼针草

铁塔隔山相望，勾勒出山峰的骨架
稀疏的灯火从玉米的狭缝中挣脱
一粒粒排列着，撑开浓墨的夜色构成星河

干渴的土壤早已埋下了火种
树根探寻水源的时候摩擦着石头
叶子枯黄，抱团燃烧了整个晚上
坟墓是烧红的铁塔烙下的疤
祖父安静地睡在那里，再次于烈火中永生

停下吧！不能停下！
村口的灯光在守着救火的人回归
医院的手术台上，伤口正一针一线缝合

人们在空调房里数着粮食

输电通道成了爱和光明的甬道

火焰靠近的时候，我们是一道不退的人墙

钢铁的导线轻盈得像惊雀的羽毛

弧垂模仿我日渐佝偻的脊背

每一个我就是一名战士

每一基铁塔站立成一座哨塔

我要把电流表面柔软的光和冷气

送给抗干旱、战山火、保供电的

农民、骑手、消防兵和电力工人……

剩下最坚硬的核，种进自己的身体

晚风一吹，就生长出一座长城

守　山

太阳陨落了
燃烧出山体的轮廓
输电铁塔百炼成钢
用烈火完成一场悲壮的永生

浓烟渐渐安静下来
人们成群结队徒步抵达
一面鲜红的旗帜在焦土里生根
今夜，国家电网人驻守在这里

月亮清澈地挂在头顶
是一把没有锋芒的利刃
空山外只此一人
和岩石待在一起
追赶草木生长的时令

那就等一场雨
道破空山万物所有的隐情

提灯守山的人

看见了星辰与灯火的呼应

路过黄昏

夜晚是黄昏的序曲

两岸昏沉，工厂里仅剩冰冷的铁器

商场迟缓地迎来第一个客人

步行街素面朝天

用晦暗的灯光映出低头赶路的脚步

这一刻

静音的城市

弥散着朴实的人间烟火

这一刻

洪崖洞合上了宫崎骏的画册

而将岁月刻进鳞次栉比的吊脚古楼

这一刻

熄灭了皎如明月的荧幕

居民小区的阑珊灯火，灿若星河

昼夜交替的时候

屋子里的空调依然颤抖

电力负荷的曲线坚持了向上的走势

在这些三伏天的黄昏

三万人，守着三千万人走出夏天

在环形电力隧道

在解放碑地下环形电力隧道

城市的血脉正交织流淌

烈日灼烧过的地方已经发炎

无法抵达，远离地表三十米

阴暗、潮湿、闷热，无水的深海

洞口延伸，倾斜或者平缓

书写出喧嚣城市的结构

电力工人头戴孤灯

脚步成了永不停歇的最远的路

红外测温仪举过头顶

占卜每一寸电缆的命运

颤抖的手臂刻满汗液

电力工人的体温

和电缆的体温一起上升

狭窄的黑暗里，电流汹涌

以五十赫兹的频率撞击绝缘层

撞击隧道的岩壁

直至撞进它们的身体

成为光明的载体

点一盏灯

在正午的烈日下点一盏灯

照亮过往货船

陷入泥沙的脚印

船舱里，唯有粮食潮湿

发酵出整个夏天的热情

小麦、稻谷、高粱、玉米……

江水沸腾着，烈酒难以入喉

跟随这盏灯的光

在土地上穿针、引线

沿着山脊，架起梯田的层次

缝制着襁褓上的补丁

群山枯萎，干涸的河道迂回

一束光在追逐滚烫的落日

秋收正在靠近

时辰迟迟未归

一场阳光正在逃离

唯有灯火坚守了昼夜的交替

一茬一茬，收割饱满而温热的粮食

星　空

攀上高处，去追赶一群星星

山脊的火苗还未停歇

泥土坚硬地封锁着黄桷树的根须

它们和跳闸的线路一样渴望

渴望重生，以温暖的血液温暖自己

摸索过很多面斜坡的高度

直到焦黄的石头破碎着滚落

沿着蜿蜒远去的沟壑

我丈量着天空，倾尽热爱和刺痛

扶着冷却的木桩转身回望

这座城市灯火流明

高低错落的房子站成一簇

肃然起敬的目光

以比匍匐更低的姿态表达着谦逊

关于电的热恋

把线路与杆塔都走一遍
走过祈祷，走过灿烂
走过停摆的街灯
走过，一场关于电的热恋
直至风尘仆仆

把蜿蜒的电缆沟蜿蜒成光
把温暖的煤炭温暖成热量
把一个个原子聚拢
再任其，分离出光明和凉风

从此，我背负了一整个夏天的干涸
高于跳跃或低于匍匐
不只是挥汗如雨的电力工人
还是奔跑的钢铁、明净如昼的长夜

阳光礼记

从漆黑的电缆沟里爬出来
沿途的沙石将褶皱的皮肤刻满
一棵柿子树佝偻着站立
奋力高举酷暑留下的口信

河水沸腾，草木拍打着慷慨的泥土
木质的房门内泻山光来
山脚的窗户开着
正一点一点积攒着秋天

清风从热辣的寂静中过渡
叩响闭眼的天空
目睹村落连贯成星河
以阳光的形态与人们重逢

浴血的太阳

把太阳带到夜里，瞒着
炙热而漫长的黄昏
从江水陷落燃烧到高楼的穹顶

今夜的月色和星辰格外谦卑
今夜，我们粉饰着生养我们的
街道、村庄和田野

太阳不肯离去
持续笼罩着电力人的身影
浴血成一轮红月
山城的光，汇聚着生生不息的热望
点燃了所有的苦难和不屈

网事

山城有灯火

高举灯光走过江河

高举灯光走过江河
走过祈祷，走过高温和寒潮
直至风尘仆仆

靠上一棵年迈的槐树
把蜿蜒的河水蜿蜒成光
温暖的煤炭温暖着热量
原子一次次聚拢，再分离

灯盏攥进手心，从未熄灭
羊肠小道通向康庄
——电力线路。高于跳跃或低于匍匐
不再是困顿于山河的一只小兽
而是奔跑的钢铁
明净如昼的长夜

在电杆的基坑里种一枚寒露

与大雁分别的时候
茶汤已经凉了
在小院里种下黄菊、葡萄
和孩子的乳牙

邻居家的橘猫已然瘦弱
用身体焐干潮湿的稻草
谷桩一茬一茬收割月光
风一吹，电线就开始荡漾

此刻，柴火扬起的炊烟还未潦草
电杆的基坑绿草如茵
整个秋天所孕育的一切
都将转赠你

赠予你酒酿、小麦，漫长的黑夜
赠予你谷穗的谦卑和簸箕的宽容
赠予你虾蟹成群，满滩如雀的蛤蜊

一切安静早已尘埃落定
唯有老去的电线和杆塔
把清晨哭过的一行寒露
顺着眼角淌过脸庞

治愈的灯光

河流被一座桥折断

汽车拥挤在伤口上撒盐

清晨的迷雾似乎想隐瞒点什么

把窗户打开，每一声咳嗽都疼痛起来

在枇杷树上藏一片云

银杏的叶子被风剪成猫的脚印

桂花熬过了秋

藏进一坛好酒取暖

冬天已经来临

所有出走的人都已回归

被灯光撑起的小房子

将整座城市的寒疾治愈

生 春

我将要离开你
回到春天去
这是我逃不掉的轮回

无法兑现我的长情
火炉里的煤灰即将燃尽
冰雪也蓄势凋零
把日子埋在明天

隆起的沙丘也在等待
等待我历经风霜后就住进去
彼时，换作我长久地等你

入定的杆塔已然生根
身体里的钢铁冷冻出火热的电能
寒风凛冽，在吹一场新生

留守的孤灯

一盏孤灯在山坳里挣扎着
拼命撑破身体的束缚
我在燃烧，你看到了吗

铁塔站在山顶，冰冷地屹立
用骨骼、经络和血液
敲打、牵绊、灌溉，生命的每一寸贫瘠
朝夕的浓雾像老去的困兽
草木的颜色，四季荣枯

唯有弧垂，成了山涧遗落的赤子
我用肩头的力量扛起你
打量世间，亘古不变的轮回

又见黄昏，输电线路的脉搏，依旧雄浑
阳光，以恒久的温暖，浸染众生

飞天的银线

到银线穿梭的长空中去
做一根缠绕钢丝的铝
以翱翔的姿势俯瞰大地

抽水机坐在田埂上打盹儿
稻穗舔舐着土壤，尚未扬花
力量，在三相熔断器的静触头聚集
将工具从牛皮袋里拿出来晒一晒吧

用铁钳剥开熔化的铠
缀上热情鲜艳的绝缘胶带
倏然滑落的汗，催促着谷粒
坚硬而饱满

惊鸿的太阳

我把夕阳送走，手里紧紧攥着
山外仅有的残红

东边的建筑，已苍老成我苍老的样子了
夜幕沉寂在云层深处
编织一个瞒天过海的阴谋
请把我的眼睛留下，在这无边际的混沌中

我仍需要这份视力，以前洞悉惊雷
或是冷静地，知晓萤虫来过
刹那的光泽，永恒地黑暗着
我保持苏醒的态度，对峙了整个春秋

门前种下的，是橙
橙是太阳的初心
而我种下的，却是一排排
被称作"电杆"的物体
就这么站成静默，站成光明的军队

我的眼睛惊蛰了，和我的灵魂一起
融入滚烫浓烈的夜
钨丝灯泡里溅落的光
就叫你：惊鸿的太阳

身体里的电网

我是广袤天宇下的一点星辰
白昼作麻，夜为纱
日日缝补不改颜色

我是火车疾驰的轮毂
是江河奔腾的一层波折
我是电力战线上
万千兵士中的一个
我的心房，如变压器一般澎湃

血液，在带铠的电缆中流淌
而我的骨头啊，艰难地拄着时光
把密密匝匝的线缆植入脊梁

站在山水之城的起伏处
举高塔刺入苍穹
身体绵密而厚重
蓄势一场狂热的奔波

落　墨

帘布厚重，把老去的时光藏进波折
电流以温柔的触感亲吻窗台
而后泛出土地的光
成为无关痛痒的季节的看客

屋顶爬满瓦片、炊烟
远眺的山脊浓墨重彩填补空白
眼睑成了唯一不被束缚的画框
身旁没有笔
低压四平线分割了天空的颜色

电能表把齿轮咬得生疼
守着等待的日子长途跋涉
在春天里失了心
胡乱扔下些灯火明灭的痕迹

海上风电场

天空压抑着翻涌的海
孤岛扬帆，转动的叶片
顺着海底电缆隧道攀爬
等待惊涛骇浪带我靠岸

潮汐比傍晚更晚些来临
我的意识愈发清醒
我的信仰不止于这片海洋

我所阅读的，苍鹭、珊瑚和鱼鳞
我所讴歌的，沙滩、锚地和岛屿
竭尽全力迸发出热情
点燃了正极和负极

月光啃噬过的礁石被海浪打湿
而后破碎成沙子
揉进眼睛，或者蚌的血肉
生长为一只抹香鲸的动能

涛声工整地书写着光明

落笔太重，电流是水流的歌声

唱词激昂，响彻一片

——永不干涸的海域

第九街区

"灯红酒绿"，闹市区的代名词
疯狂的人群背负着清醒
停杯投箸，霓虹下心事绰约
而眼中的杯盏，已倒空了一半

流泪呀，为了白天错过的光
香烟用跳动的火焰暗自叫嚣
谁在嘶吼？数落谁？都已于角落沉睡
寻找螃蟹的壳，遗落的蜘蛛腿

一群麻雀沿着街道低空飞行
将我从喧闹的陆地上放逐
催我把全部领土都割让给它们
包括我的血肉，我软弱的骨头

醒来的时候，路灯下
最后一辆出租车已经驶离
在梦到沉海的礁石

鲨鱼的肚皮正在靠近

不得不告别这些
远方的黎明正在更远方
灯火辉煌的日子
我假意活在白天

响水村想水记

翻过几座山就唤不醒长江了

响水村传来几声知了的长鸣

唯独听不见水声

树木稀疏站立，退让到后视镜的一隅

宽阔的叶子被风打磨得尖锐

日复一日针灸着干枯老去的村民

上午带着镰刀出门

路过苍老的黄昏

地里的水稻在等一场雨

而我，在田埂上等你结穗

索性把稻草收割了吧

生火、编鞋，或者铺床

应该能剩下些，剁成草料

把耕牛在春天落下的病根治愈

参与农网改造的人，成了扶贫驻村书记

贫穷的病痛进入最后一个疗程
村口的枯井将仅剩的露珠凝结成黑夜
山上石壁太厚，那就凿开它们
与素未蒙面的泉眼重逢

别来无恙啊！每一滴都是亲人的泪
任你流淌，水缸、稻田
变压器守护在村口
抽水机日夜煎熬
巴渝土地山高水长
终于盼来，干涩到凝血的眼眶

光影百年

如果可以，我会去一一问候他们：
额间的汗渍、肩头的霜花，或者老去的白发
如果可以，我会在每一个醒来的早晨
挥动手中的扳钳
把骨骼里生长的螺丝拧紧

炙热的文字顺着胸腔迸溅
那里写满了艰苦而神圣的历程
太平门外点亮的第一盏灯
抗战救国发出的第一声怒吼
狮盘线上的第一次带电作业

一条红船的沧桑百年
一个国家的峥嵘百年
也是一代又一代电力人的
奋斗百年

光明的音讯

一只墨水瓶空了
就有一盏煤油灯燃烧出火焰
随风摇摆出颤抖的影子
颤抖是光明的音讯

一颗星星躲起来
就有一只萤火虫停靠在肩头
用尾巴指挥黑夜闪烁的节拍
闪烁是光明的音讯

一基杆塔种下去
就有一扇窗户亮起灯火
电流涌动出恒久的光明
开一扇窗吧!
把光明留给高举光明的人

挨过些许时辰
高墙外的爬山虎数着日子

空调的外机咳嗽了两声
世界便开始心疼地飘起落叶

高温下的凉，寒冬里的暖
光明的音讯肆意弥漫
有一盏灯亮着
就有一个人在等你回家

追光日记

拨开初冬的某一个早晨
让雾霾变得清醒
江水冲刷过的城市
路灯倔强地熬红了眼睛

桥面上汽车疾驰
弥散着光与影的色泽
群山对峙，俯瞰一座城、一江水

用光勾勒出城市鲜活的轮廓
在狭长土地的尽头，点一盏灯
每一条路都需要被照亮

暖冬有寄

土壤温热，杆塔是连亘的山峰

在山峦起伏间豢养一头虚无的雪豹

等待冬天道出它的身世

只需要一声五十赫兹的低吼

满城灯火就争相怒放

随后便是咆哮奔跑的身姿

腾空处，银线飞舞

落地时，铁塔耸立

直至抵达寒冷

梧桐叶筑起变压器的根

银杏铺垫成风驰电掣的马匹

狂奔的四季，惶恐于冰雪将至

夜色长驱直入

用电流，燃烧出一袭

殷红的，拖尾的长裙

平静的江面上光影矍铄

这夜，是雪豹抖落的黄昏

把沙石瓦砾再次翻新

电杆的基坑雨水丰盈

寻一味疗愈黑暗的药引

枯萎的草木、落叶，厚重的冻土

沸腾出藏在季节里的热烈

检 修

踏过草木遇见彻夜未眠的泥土
寻一枚条理清晰的脚印耦合
草丛间有蚂蚁、瓢虫，还有窸窣滚落的黄豆
清晨遗忘的露珠尚未干涸
推攘吵闹着为裤腿染色

弦断三声，远处是杆塔架起的古琴
炊烟是天空写下的潦草的云
高压线从山麓南侧的岩石上苏醒
弧垂低斜，羁绊着大山都唤不醒的春天

来不及丈量悬崖的胸襟了
电流如孤雁衔落的花籽
停靠在风的波心漾散不去
螺栓深情捧起那张线夹的脸。唯有横担
刚准备分庭抗礼，却已然讳莫如深

用吟一首诗的时间掸去夕阳的余温

把琴音里的片面种进浅浅的夜

月光候在窗外

灯影，比月光还要皎白

巡　线

门前的三合土里站了一根水泥杆子
被三四条铁线拘着，不曾远行

让住过苔藓的骨骼爬满春雨
入了冬，无奈露出光秃秃的青石
那些被碎浪拍打过的记忆
写进远道而来的月光的体温

我盼着黄帽子以阅兵的方式来临
坐在高高的门槛上歇息
然后把目光倾尽
一寸，一尺，一旬，一季

我如愿成长为同你们一般，巡线的工人
下颚戴的锁扣屏气凝神
厚重的木门在废弃的瓦砾上呼吸
堂屋里没有人，杂乱堆了些稻草和麦梗
门槛佝偻，把听来的故事，写成书

送 电

用黑暗把地下车库的每一个毛孔填满
油漆的味道同扬起的烟尘糅在一起
最是不敢举灯，生怕被光线撕开的角落
成为眼睛渴望光明的风口

配电室远远望见我，电缆如蛇
在偌大的空间里匍匐、蜷缩，请君入瓮
钢板桥架以冷艳的目光刺破墙壁
悬在头顶一路笙歌
高压柜并排列队层次分明
变压器左右逢源，身前是热烈，身后是绵长

这里装潢了钢盔铁甲的落寞
电容器、蓄电池，或是电流表的指针
它们像孤苦无依的三月的雏鹰
歇斯底里等待生的回应

操作杆拖着锈迹，咬合开关的轮齿

黑暗已经黑过了

光明正朝着黑过的地方奔波

渝电之光

试着从一座桥的隐忍，读出
迷雾泛滥的情绪

落户的烟云把昨夜的雨水分割
天空被埋得很深，埋进植被、沉入山水

逆流的船只妄图靠岸
探望这城市棱角分明
漩涡背负了沿途的杂念跋涉至此

船票上印着我的行程
从一盏灯抵达另一盏灯
它们是我独自饮尽的酒瓶
零散在白天，成为接纳太阳的容器

那就可以把太阳带到夜里，瞒着
葱茏而漫长的黄昏
今夜灯火长明，从浩渺烟波燃烧到高楼的穿顶

今夜的月色和星辰格外谦卑

今夜，我们粉饰着生养我们的街道、村庄和田野

货船借着水中的灯塔在码头靠岸

醉酒的人群相互寒暄

火锅沸腾了一夜

渝电之光，照亮山城的烟火模样

与你相遇

我愿，与你相遇
在爬满污泥的沟渠
帽檐的鬓发，被汗水染湿
又在你专注的眼镜上
腾起一层雾气

线缆罗陈，伸向灯光绰约的村镇
你说你的父辈，沉睡
于经年不败黑夜
桐油的气息，成了你儿时回忆里
最干冷青涩的谈资
却不言，不言你悄然老去的鬓眉

我愿，与你相遇
摆一盘光怪陆离的棋局
落子，便有长杆高塔，亭亭玉立
举旗，即是银丝铁线，步步为营

仲夏的阳光，如生命的年轮

刻进你老茧丛生的掌纹

我将一抹清茶入喉

饮尽你言语里

苍凉而热烈的余温

我愿，与你相遇

用儿时作画的铅笔

勾勒你，平素的样子

那件破败不堪的外衣

被你洗净，叠放在置物柜的顶层

墙角的绝缘梯

布满蜘蛛的陷阱

刀闸上的相色漆

固守着各自的绚烂，浓墨未干

我要隔着围栏，将电流的呓语

重新铭记

用闪落的弧光，为你塑名

我愿，与你相遇

饮酒对坐

寒暄着多年前的初次相识

电缆里破甲而入的铁钉

拖着锈迹，躺在哪里？

变压器里的绝缘油

发出沉闷的呼吸，是否清澈如许？

这一切

如尘世里无边的轮回

将你的青丝耗尽

我走过，走过你宿命论的影子

像传承衣钵的僧侣

以朝圣的姿势

虔诚拜谢

与你相遇

电网里的散文诗

四季连亘，时令更迭，

晨曦灭了又明，大雁归来复去，

身上的工装从浅灰换成深褐，

头顶的帽盔新添了几道皱纹。

我们把杆塔架得更高些，

将电缆埋得深沉，

叹一句"青春留不住"，

便又，新年伊始。

配电室里的变压器，

经年累月，发出沉闷的呼吸，

若有负荷骤升，时而呓语，时而鼾声如雷。

我是你擦肩偶遇的风景，

你是我枕边依偎的恋人。

电能如血液，

从高压柜的左心房出发，

借着变压器的纸砚笔墨，

写下黄的、绿的或是红色的字体，

于霓虹灯的右心室抵达。

山野，

依旧贫瘠，枯草丛生，不见花叶，

唯有几颗露珠躲着日头，

不舍离去。

绝缘棒被分成几截，

挤在帆布口袋里，

贴着背脊丈量我的躯体。

断路器孤傲着，

闭关修行在六氟化硫的世界。

你的动触头成了混沌思涯里的一叶扁舟，

日夜摆渡，

分闸，将秋水望穿，

合闸，把衷肠诉尽。

钢芯铝绞线，

以君子之礼相交，

高低错落，一去千里。

绝缘子模仿了风铃草的姿容，

勾勒出荒芜旷野的轮廓。

我们一路高歌，

一路瞭望你挥笔落下的浓墨。

同行的老师告诉我：
如果有导线断落，
躲在一棵老树的身后哭，
你应该在八米开外驻足。
因为跨步电压是个危险的家伙，
坠入大地便识不得敌友。

如果有风在田埂上迷了路，
袖口和衣领被扯得生疼，
你应该勇敢地站在上风侧。
因为守护电网，
是我们祖祖辈辈不容推卸的职责。

果然，
我撞见了山口袭来的风，
导线安静地，在地上匍匐，
应是有一条柴犬经过，
用鲜血和皮肉投体膜拜着。
我急忙往后踉跄几步，
随即双脚并拢，像只兔子一样行走。

后来，

我把绝缘棒撑作一支竹篙，

拨弄断路器的动触头，

使一叶扁舟靠岸。

后来，

我拆开了高压柜写给霓虹灯的信件，

把寒来暑往的思念搁浅。

后来，

我站上了杆塔的顶端

俨然妙手回春的医者，

电流涌动着，成了注射器里的药物。

推向城市的繁华与忙碌，

推向村庄的安宁与祥和，

推向比黑夜更黑的房屋。

我走过每一个亮灯的窗户，

生动得像我走过的旅途。

长歌

光明的历程

光明的历程

1

裹一层绝缘的防弹衣，在高空待上些日子
天高地阔，打发走潮湿沉闷的清晨
身经炮火，汗水落下的时候，仿佛祈雨的神
神用血肉饲养鹰隼，又以血肉塑造人
然而，没有神谕，这重庆城的暴脾气
既赋予我血肉，又以烈日的狠辣泼了我一身
辣便成了一座城市独有的味觉和脾性

任由南山上的火锅铺满每一处空格
与其说火锅店依山而建，不如说是火锅垒起了山的轮廓
只需要把火线和零线依次送达
锅底就开始沸腾，人也沸腾，天气也沸腾。长久地
夜里，再引出点灯的电流，光就开始在山崖间流动
如流动的江水，流动的晨昏和四季

终于，江水在浅滩上迂回，夏天也定格在那里

2

无数次回望珊瑚坝的前生，直至成岛，再退变成陆地
阳光拉长河床的目光，与梯级上发电机的闸门对视
两类生灵经久不息，熬过漫长的流域
上游深锁的城门，蓄水发电燃起的光
似乎还未抵达就黯然待尽。城内，把一度电掰成两半
一半是空调里吐出的凉风，一半是黑暗里飘零的孤城

巴渝的风骨啊，在一场声势浩大的抗争中醒来
旷野下有成片成片的光伏板，风车把守住每一个山口
电的血脉流经铁塔，它们胸襟开阔，且不曾干涸
浇灌出沿途的城镇、村庄和工厂
嗷嗷待哺，高温下的我们索取得太多
而生长的年轮，却走得太慢太慢了

3

水聚而筑城。这片由大江大河冲刷出的土地
生息繁衍，诉说起一代人接续一代人的磅礴
抓紧赖以生存的资源禀赋，水流尚可，电流何如？
在山水之内架桥开洞，高低错落亦有阡陌交通
高山巍峨，因电力铁塔而更显巍峨
特高压建设，架起一座城的希望、一个民族的脊梁
电力外购中长期协议提前签署。群川毕至，群光沓来

彼时，满船的风雨乐此不疲，依次播洒在这里
等到来年八月，就生长出足以续命的深情
省与省的界限被打破，逾越南方电网与国家电网的鸿沟
川电入渝、藏电入渝，高塔林立，一路高歌猛进
极热的重庆，消纳着来自西北的风
干旱的重庆，万河之水取之不竭
以电之名，构写出供给心脏的血管和经络

4

崇尚科学的人也聚集于此，关乎电力供给和人类命运
革故鼎新，以中国式现代化塑造国之能源基业
新型电力系统在炎夏酷暑中撕开风起云涌的口子
把整座城市的空调连在一起，温度常青
智能巡检的机器人不知疲惫地，看护设备的饮食起居
馒头、玉米，多少吃一些
翻山越岭省下的体力，还需要等无人机再飞一回

大刀阔斧，以激光炮砍去触怒电线的树木
在重庆，山高水长，自由地缠绕
我曾用目光去丈量你，以深深浅浅的足迹印证光明
我曾挥霍我的青春和热情，挥霍整个夏天的光阴
直到电力负荷曲线的起伏与我脉搏的起伏一致
直到红外屏幕上温度的颜色同冷却的阳光相符
直到雨急风骤，满城灯火可以放肆地亮着

5

以体感 45 摄氏度的残酷拍打了一月有余
拍打出江滩裸露的石头、瓦砾和搁浅的螃蟹腿
水里仅剩落日的余晖，它们不再汹涌
就那么静止地流着，静止成一地金灿灿的挽歌
这一刻，所有的物体都暗淡下来
铁打的皮肤渗出的汗水，是淬火留下的伤
贴着背脊，拓印出坚如磐石的骨骼

输电线路延伸到哪里，我们就追随到哪里
电表挂到何处，我们就在何处生根
有人抬着变压器上山，有人扛起电缆的长龙
有人以杆塔晾晒炽烈的爱情，有人徒步
走过蜿蜒而广博的山河
山城的儿女呵！奔腾的电流
穷其一生，背负起为盛夏树立的丰碑

6

为每一次日出落泪，骄阳似火

溅落在时间的刻度上

从涪陵启程，转战南川、巴南、江津

和北碚。火是群山的软肋

沿着树木生长的方向，展开血腥的洗礼

肆虐的山火与万家灯火呼应着

一处火源扑灭了，就有一盏灯急不可耐地亮起来

"塔长""段长""线长"，每一个电力人

都被赋予最新鲜的名字，使命光荣

洞察山峰的隐情，铁塔扎下的根须依旧浑厚

它们需要一些安稳的时辰

虬枝铁干，生长出蓬勃而浓密的叶子

以电网在高山更高处四散开花

再借光明之名，将种子撒进每一寸土地

7

从前，没有星光的江水用灯塔靠岸

滩涂两侧的建筑物高高站立，无法饮水

他们与太阳对峙，日落而息。捧出

光洁的窗口，似城市的毛孔般呼吸着

电力紧张的时候，能维持呼吸就够了

步行街，人影寥寥缓步而行

商场开门迎客的时候，恰好几近黄昏

办公场所以仅有的光源，撑开浓墨重彩的黑暗

所有的工厂均已列队，宏大的生产者

把生产所需的钢铁和钝器，暂时拆卸下来

高举，奔赴一场慷慨激昂的战役

让电于民！号召之音如响彻大地的雷声

可惜不见云。此刻的雾都，天时地利皆失

久违的雨啊，干旱的土地。我们只是在索取生存

风、光、火和江河的坡度，点石成金

以绕指之柔化身电能，到压缩机里走一遭

空调发射出冷气，连绵成阻挡高温的城池

8

锤炼出电网设备火热的身躯，和依次叠加的名字
比如：43，44，45……对应直线上升的温度
比如：23，24，25……数着八月将至的日期
秣马厉兵，一遍一遍擦拭武器上的灰尘
照顾变压器、绝缘子，向刀闸的牙齿喂食
像是牵着我们的孩子，教会他们站立、行走、咿呀学语
于是，在炮火纷飞的日子，我们啃食粮草
举全网之力保川渝电力供应生生不息

烽火联营，"日监测、日会商、日调度"战时机制
把电力负荷曲线根植入眼睛，化作血丝
尖锐的琴音不止，紧绷的神经再拧紧一弦
三十人的会议室，三万人的战场
三千里沃野亮出高低层次，三千万同胞
被点燃的热血，在长江、嘉陵江里奔腾

开篇陈词已是破竹之势，久久为功
存煤、蓄水、发电机切割磁感线运动

非直调小水电，地方、自备电厂
冲锋在电网的源头，运行机组满发尽发
发出滚滚电流，发出光河里的庄严与肃穆
发出一个时代的碰撞和怒吼

9

西风瘦马，驮着一身烟雨姗姗来迟
电力工人用眼泪和汗水，浇灌着八月
水是咸的，排列成长江流域的上游，继而分流成乌江
行走出武陵山、大巴山或者明月山的山脉
每个人的手里都捧有一度电的清辉
向夏天换取粮食的时候，整片天空都在颤抖
抖落的云，便成了行将就木的老人，生平所见第一场雨

洪崖洞脚下的暗河寄给我光的颜色
解放碑敲响如迎接新年一般铿锵的入秋的钟声
两江游轮在搁浅处抖落泥沙和尘土
再用一层层重新点燃的灯，清洗出崭新的肌肤
从高处俯瞰满目深情，葱茏的夜色
活过来了，整个重庆都活过来了

图书在版编目（CIP）数据

电光石火 / 王言他著. -- 武汉：长江文艺出版社，
2024.9
　　ISBN 978-7-5702-3503-2

　　Ⅰ.①电… Ⅱ.①王… Ⅲ.①诗集－中国－当代
Ⅳ.I227

中国国家版本馆 CIP 数据核字（2024）第 046826 号

电光石火
DIAN GUANG SHI HUO

责任编辑：胡　璇　　　　　　　　责任校对：毛季慧
封面设计：源画设计　　　　　　　责任印制：邱　莉　　王光兴

出版：长江出版传媒　长江文艺出版社
地址：武汉市雄楚大街 268 号　　　邮编：430070
发行：长江文艺出版社
http://www.cjlap.com
印刷：湖北新华印务有限公司

开本：880 毫米×1230 毫米　　　1/32　　　印张：3.75
版次：2024 年 9 月第 1 版　　　　2024 年 9 月第 1 次印刷

定价：52.00 元